L'EUROPE

SOUSPIRANT POUR LA

PAIX,

AVEC UNE LETTRE DE M***
à son Amy, sur les Affaires presentes.

A COLOGNE,

Chez Pierre du Marteau.

M. DC. XCI.

AV LECTEVR.

IL n'y a rien au monde, (Mon cher Lecteur) qui ſoit tant deſiré que la Paix , par le pauvre peuple qui ſouffre beaucoup d'oppreſſions. Ce petit Ouvrage qu'un Poëte m'a remis , vous le fera connoître, où il donne à tous les Souverains, les moyens d'y prévenir le danger, où ils s'expoſent s'ils perſiſtent , dans cette ligue d'Ausbourg ; Louis le Grand ne s'attendoit point d'avoir tant d'Ennemis ; lors que tout d'un coup, il s'eſt veu preſque toute l'Europe contre lui. Mais comme c'eſt un Monarque intrepide il ne s'épouvante pas pour tout cela ; bien au contraire, (Mon Cher Lecteur) je ſuis perſuadé que la pluſpart de cette fameuſe Ligue en ſont au repentir ; l'Empereur eſt à la veille d'abandonner ſa Capitale , étant vi goureusement poursuvi par le Turc, le Duc de Savoye ne s'en ressent pas moins puisque le voila frustré de la meilleure partie de ses Etats. Enfin les Pais-bas n'en sont pas quittes à meilleur marché, comme l'on sçait fort bien : mais afin d'éviter une suite encor plus funeste, qu'il regarde ce petit ouvrage, & suive le conseil du Poëte. Il s'adresse au Pape, comme en qualité de bon Pere il doit procurer la Paix à ses enfans ; Ainsi il parle à chaque Souverain en particulier, avec un Dialogue des Czars avec l'Empereur, que vous ne trouverez point desagreable ; J'oubliois à vous parler de la Lettre de M*** elle traite sur les affaires presentes ; mais c'est d'une maniere fort Galante ; & tout ce qu'elle contient est fort curieux. Au reste (Mon Cher Lecteur,) joignons nos prieres, au souhait du Poëte, & prions le Roy tout puissant qu'il unisse icy bas tous les Princes, afin que nous puissions jouir d'une

LETTRE
DE M***
A UN DE SES AMIS.

L me semble, mon cher Monsieur, que des Amis de nôtre sorte, ne devroient point se ressentir des desordres où l'on voit toute l'Europe ; je m'aperçois cependant qu'il y a beaucoup de l'alteration dans vôtre cœur, & sans que vous m'ayez declaré une rupture manifeste, vous avez fait cesser un commerce qui ne pouvoit estre suspect à nos Princes & que l'on ne nous auroit jamais interdit, puisque la seule satisfaction de l'esprit étoit le seul but de toutes nos missives. Ie vous invite à reprendre nôtre premier train & à me donner reglément de vos nouvelles, comme vous faisiez auparavant. Et sur tout quand vous aurez quelque chose de ce brillant que nous admirions, lorsque nous nous

promenans sur les bords de *Lizere*, je suis icy
à reflechir quelquefois sur ces maximes que nous
voulions nous servir de mouvement & de regle
à tout ce qui ce passoit dans la vie des hommes,
dans laquelle le trop ou trop peu de reflexion
étoit la seule cause du peu de réussite de la plus-
part des entreprises. A considerer sans preven-
tion tout ce qui se passe depuis prés de trois ans,
advoüez de bonne foy; Que toute cette Ligue
d'Ausbourg n'est qu'un projet de gens presomp-
tueux & qui pour n'avoir pas assez penetré,
n'ont fait jusqu'àpresent que ce qu'un Poëte nous
feint être arrivé à l'accouchement des monta-
gnes. Rien de si grand, rien de si vaste que
leur dessein, mais dans l'execution rien de si bas,
pour ne pas me servir du mot de ridicule. Le
Roy de France seul sans autre appuy que ses
propres forces, fait teste à toutes les Couronnes,
& c'est sans dissimulation que je vous diray que
ce Monarque pense plus juste que tous les Con-
federés ensemble. Qu'on le blâme de se servir
des voyes un peu contraires à son nom, pour moy
je ne m'en étonne pas, lorsque je repasse dans
mon esprit un endroit du premier des Poëtes La-
tins, qui nous apprend qu'il est toûjours doux de
vaincre, soit que ce soit par force ou par ru-
se. Que ce soit d'une façon ou d'autre: il

est tres-seur qu'il lasse si fort ses ennemis, qu'ils
souhaitët avec empressement la fin de la guerre.
L'europe ne desire rien tant que la Paix, & c'est
ce qu'un Poëte me leut il y a quelques jours dans
un cercle des plus honestes gens du lieu où je
suis.

Cette sorte de Poësie est assez particuliere, il
a intitulé sa piece L'EUROPE SOU-
PIRANT POUR LA PAIX;
C'est une maniere de requeste que cette princi-
pale partie du monde Chrêtien, addresse à tous
les Souverains, qui sont interessez à la luy procurer. Elle s'adresse d'abord au Pape, comme à
celuy qui étant le Pere commun, ne doit pas té-
moigner plus de joye que de voir ses chers enfans
dans cette union qui fait la solidité de son Regne, l'ornement de son Siecle & l'immortalité de
son nom; mais deusse-je être repris de ce que je
vais dire, je ne puis que blamer Alexandre
huitiéme, qui au commencement de son Ponti-
ficat s'est montré le Pape le mieux intentioné
& le plus pacifique qui eut siegé depuis long-
tems, mais qui sur la fin a voulu qu'on pen-
sât que son Nom ne s'accordoit gueres à ses manieres de faire, & que pour y repondre, il
faloit ou entreprendre soy-même la guerre ou
en estre le fauteur. Toute la posterité en con-

viendra si l'on s'attache à ce qu'il a fait durant
les derniers six mois de sa vie & de son Pon-
tificat. Ie n'oserois peut-être pas parler si li-
brement si sa mort n'autorisoit l'hardiesse qu'on
a dans toute l'Italie, de dire ce qu'on pense du
dernier regne, & c'est fort à propos que ce que
je vous envoye m'est tombé entre les mains trois
ou quatre jours après son decez. Revenant
donc à ce que l'on doit juger d'Alexandre VIII.
il est constant que sous-mains il excitoit les Venitiens dont il étoit un des pantalons à remuer,
& à se declarer contre le Roy de France, &
si cette Republique n'avoit pas fait desactes d'ho-
stilité ouverte, ces Vaisseaux en avoient voulu
entreprendre en arborant le Pavillon d'Angleterre : mais qu'entreprent-on contre la France
qui n'échouë ? La reponse de ce Monarque fait
connoistre qu'il est de ces intrepides dont nous
parle un Poëte qui voit l'ecroulement de tout
le monde sans même se bouger, c'est ce qu'on
a veu dans cette Majesté, lorsque d'un ton
froid, railleur & piquant il dit à l'Ambassa-
deur de Venize qu'un ennemi plus ou moins n'é-
toit pas une affaire. Peut-estre que cette mort
leur aura fait prendre d'autres mesures & qu'ils
songeront à ne pas perdre ce qu'ils ont eu bien
de la peine à regagner, & qu'ils consulteront

plus de quatre fois à faire une chose qui est tout-a-
fait indiferente à la France.

Vous verrez ce qu'il dit à l'Empereur,
& aux autres Confederez: & je ne veux
point affecter de parti pour sçavoir vôtre pen-
sée sur cet ouvrage, je vous demande par
grace Monsieur, de ne me déguiser rien &
sur tout sur l'entretien des Czars de Moscovie avec l'Empereur. S'il me tombe quelque
chose sur les pasquinades qu'on va faire, vous
en serez le seul à qui j'en feray part, & comme
je vous écrivois & étois prêt à la conclurre
on vient de m'en dire une qu'on a trouvée sur
le futur Conclave, où l'on a dépeint les
Cardinaux en habit de Soldats Romains sous
deux Chefs ressemblans à Cesar & à Pom-
pée avec ces mots, Fraternum indicunt bel-
lum.

J'attendray avec la dernière impatience
une des vôtres & j'espere que par un retour de generosité, vous me ferés tenir quelque nouveauté du Parnasse sur les affaires du
tems. Comme je suis persuadé de vôtre di-
scretion, je ne vous recommande pas de tenir secret cette piéce & de ne la pas publier,
comme aussi de la remettre entre les mains

du porteur qui me la rendra auffi fidelle-
ment qu'à vous.   Adieu ne m'obligés plus à
me plaindre de vôtre silence.

du porteur qui me la rendra auffi fidelle-
ment qu'à vous.   Adieu ne m'obligés plus à
me plaindre de vôtre silence.

A

ALEXANDRE VIII.

APRESENT SIE'GEANT.

TOUCHE' fenfiblement des cruelles miferes,
Que l'Europe reffent par ces prefentes guerres,
Je ne puis m'empecher de t'adreffer mes veux,
Les ayant par ayance adreffé vers les cieux,
Puifque toy feul pourroit, Saint Pere maintenant,
Luy procurer la paix & le foulagement,
Et mettre aujourd'huy fin à ces divifions,
Qui troublent tous les Rois par leurs defunions,
Cent peuples defolés des Provinces entieres,
T'adreffent aujourd'huy de femblables prieres,
Comme au Pere commun, qui doit mettre fes foins,
Pour aider fes enfans dans fes preffans befoins ;
Le Piedmont aux abois, la malheureufe Efpagne,
T'y convient ainfi que toute l'Alemagne,
Qui fe voit expofée en proye à l'Othomant,

Pour avoir entrepris contre Louïs le Grand,

Si tu donnois la paix a ces Rois Catholiques,

L'on abatroit par là les Turcs, les Heretiques;

Car Louïs d'un costé de cet usurpateur

Et d'un Peuple aveuglé, seroit bien-tôt vainqueur:

Aprendroit à l'Hollande d'estre temeraire

Luy faisant ressentir d'une façon severe,

L'effet de son couroux & l'indignation

Que ce Prince eut toûjours pour la rebellion,

L'Angleterre pourroit pour la seconde fois,

Voir encore regner le plus grand de ses Rois,

Et punissant ainsi ce Prince malheureux,

Les Anglois desormais pourroient vivre heureux;

Leopol d'autre part, tournant toutes ses armes,

Contre les Othomans, les mettroient en allarmes;

Car en le voyant joint aux Polonois aux Czars,

Aux Venitiens qui sont vainqueurs en toutes parts;

Ils cedroient par tout & par là sa puissance,

Conquerroit ce Pays presque sans resistance;

Mais tandis que de Mars les funestes effets,

Se feront resentir aux malheureux sujets,

De ces Rois qui pourroient par leurs armes heureuses

Detruisant le croissant, les rendre glorieuses,

Le Turc pourra toûjours être victorieux,

Par là se maintiendra l'Heretique orgueilleux ;
Mais par l'heureuse paix, Louïs par ses conquêtes
De cet idre pourroit couper toutes les testes,
Acquerir des sujets qui pourroient dans le temps,
Vivre en la Sainte Eglise, en fidelles enfans;
Fais donc, nous t'en prions ; que le monde Chrétien,
Jouïsse de la paix bien-tôt par ton moyen ;
Et que l'ayant donné pour long-temps aux Humains
Les peuples soient heureux dessous leur Souverain

A
LOUIS LE GRAND.

POUR ébaucher icy un portrait de Louïs,
Et donner au public tous ses faits inoüis,
Il faudroit pour cela ne le pas bié cónoître,
Ignorer que son nom ne fait toujours que croistre,
Et que le mien obscur dans le sacré valon
N'est pas presque connu du divin Apollon ;
Car si d'illustres mains & de sçavantes plumes,
D'une seule action ont fait plusieurs Volumes,
Ma muse oseroit-elle aprés tant de sçavans,
Mêler pour le loüer, sa voix à leur encens?
Et n'est ce pas plutôt donner à ce Monarque
De zele & de respect une tres-grande marque
De garder pour toujours un silence éternel,
Et de le reverer comme un homme immortel?
Il faudroit pour parler d'une vie si belle,
Et en donner icy un sincere modelle,

Imiter cet ancien, qui pour peindre autres fois,
Une entiere beauté, fit de plufieurs endroits
Venir en fon pays toutes les belles filles,
Que l'on pût rencontrer au champ & dans les Villes,
Lors de l'une prenant les yeux étincellans,
De l'autre l'embonpoint & les enjoüemens
De celle cy les traits, de l'autre le vifage,
Qui pouvoit dire avoir la beauté pour partage,
De celle la bouche, & de l'autre les dents,
D'un autre auffi le front & les fourcils charmans,
L'agreable beauté de celle qui fomeille,
D'un autre les attraits d'une levre vermeille,
Le col, le teint, la gorge, & le petit menton,
Tel qu'aujourd'huy feroit celuy de Jeanneton,
Enfin de celle-là cette fi riche taille,
L'un des fignalez dons que la nature baille,
Et ayant fceu mêler cette vivacité,
Qui fuit prefque toûjours des brunes la beauté,
A la douce langueur qu'on remarque en la blonde,
Fit le plus beau portrait qui jamais fut au monde ;
Ainfi fut renfermée dans ce charmant tableau,
Tout ce que la nature & l'art ont de plus beau,
De même pour parler de ce Prince intrepide,
A qui dans les combats, la gloire fert de guide,

Il faudroit assembler de ces anciens Heros,
Les belles actions sur la terre & les flots,
Et raporter içy ce que dans leur histoire,
L'on trouve de bonheur, de courage, & de gloire,
Et de tout ce qui fût de grand de conquerant :
A peine en feroit-on nôtre Loüis le Grand,
Car d'un si beau portrait une seule etincelle
Des Heros de ce temps feroit tout le modelle.
Dompter, assujettir, vaincre, donner des loix,
Ce sont de ce grand Roy les plus dignes exploits,
Puisque l'on trouve plus dans le seul an nonante,
De gloire & de bonheur de sa vie Estonante,
Que n'en ont jamais eût ces illustres Guerriers,
Que l'on a coronné de Palme & de Lauriers.

Vers sur les affaires presentes adressés à l'Empereur.

TU connois à présent Empereur l'importance,
Que les souverains ont de s'unir à la France,
Et combien sont heureux les Rois dont aujourd'huy
La prudence leur fait choisir un tel apuy,
Tout semble Conspirer à leur future gloire,
Ce seul choix eternise icy bas leur memoire;
Car mars s'est declaré des long-tems pour les lys,
Mais principalement au regne de Loüis;
Loüis ce conquerant dont le bras indomptable,
Accordant aux vaincus un pardon admirable,
Ne se gaigne pas moins de cœurs par le pardon,
Qu'il pourroit refuser à leur rébellion,
Que par les Chatimens justes & equitables,
Dont il punit les faits de ceux qui sont coupables,
Loüis dont le nom d'honneur, & de gloire remply,
Paroit seul sous celuy d'un Heros accomply,
Ce qui rend ce Monarque inegal dans sa gloire.
C'est l'usage prudent qu'il fait de la victoire,
Car sans nous écarter & sans aller plus loing,
Valencienne en sera le fidelle témoing,
Puisque selon les loix communes de la guerre,

Cette ville devoit à sa juste colere.

Luy servir de victime & sans rien épargner,

Estant prinse d'assaut on n'eut du pardonner,

Ny l'homme ny l'enfant, ny le sexe, ny l'âge,

Et tu devois avoir un si triste naufrage,

Si ton destin fatal t'eût donné pour vainqueur,

Un autre que Loüis, dont la douce terreur,

Te fait aujourd'huy voir par ton experience,

Qu'il est doux d'essayer, de Burbon la clemence,

Rends dont graces à Mars heureux peuples soumis,

De ce qu'il t'a donné pour conquerant Loüis.

Sur les Algeriens.

L'Algerien superbe, implore la clemence,
De ce genereux Roy, dont la sage prudence,

Aprés l'avoir puny de sa temerité,

Donne une douce paix à sa ferocité,

Et lorsqu'il se voit prés de luy lancer sa foudre,

Pour punir son audace & pour reduire en poudre,

Sa sacrilege main, qui sans respect des lys,

Attentoit tous les jours au peuple de Loüis.

Il se voit désarmé, son bras est sans puissance,

Lors qu'il voit à ses pieds sa dure resistance,

Et s'il est de ces Mers la terreur & l'effroy,

C'est qu'il veut seulement en être dit le Roy.

Sur les Genois.

LEs infolens genois pour être temeraires,
Effayerent auffi le fort de ces corfaires,
Et fe virent contrains d'implorer de Bourbon,
Une paix qu'il accorde à leur rebellion,

Sur les Efpagnols.

POur toy grave Efpagnol t'on ame eft trop timide,
Pour ofer de celuy dont le cœur intrepide,
Fait retentir par tout par fes faits inoiiis,
L'incomparable nom du genereux Loiiis,
T'attirer le courroux de ce Vaillant Monarque,
De l'amitié duquel tu receus une marque,
Au prefent qu'il te fit du doux lien damour,
Marie d'Orleans plus belle que le jour,
Celle dont les beaux yeux ont Charmé tant de Princes,
Et laquelle à prefent regrettent tes Provinces,
Lors phœbus attentif de fon aimable voix,
Etalla ce difcours qu'il reperta deux fois,
Ce Roy qui jufqu'icy ne s'eft point fait connoître,
Et dont la grandeur d'ame eft encor à paroître,
Connoîtra, mais trop tard, combien de Leopol,
Le confeil eft nuifible au monarque Efpagnol,

Car mon étonnement fut grand lorſque mercure,

Nous a prit l'autre jour de la paix la rupture,

Qu'avoit fait ce Monarque avec le grand Loüis,

En punition de quoy vous verrez ſon Païs,

Conquis en peu de tems par ce Roy de la France,

Et la Flandre ſera ſous ſon obeïſance,

avant que de titan ſes chevaux attelés,

Dans le vaſte Occident s'en ſoyent cent fois allez.

Sur les Hollandois.

Mais toy, pauvres Holandois que ton ſort eſt à plaindre,

Tu ſçais à tes deſpens que Loüis eſt à Craindre,

Et que les faits de ceux qui temerairement,

Oſent s'en prendre aux lys ſont punis juſtement,

Par le bras d'un heros dont la juſte Colere,

Augmente en puniſſant la gloire ſur la tetre,

On t'a-vu fort ſouvent recevoir le Pardon,

Que le vaillant Loüis ſeul digne de ſon nom,

T'acordoit en heros lorſque comblé de gloire,

Il eut pu t'immoler à ſa propre victoire,

S'il eût du grand Condé les conſeils écoutez,

Amſterdam aujourd'huy ne ſeroit plus cité,

Aprés tous ces pardons & tant de douces graces,

Oſe tu-bien encor entrer dans ſes diſgraces,

Sans-craindre que le Ciel justement irrité,
Ne Punisse ton crime & ta temerité,
D'avoir donné moyen au perfide Guillaume,
De faire invasion du malheureux royaume,
Qui ne reconnoissant plus Jacques pour son Roy,
N'aura dorénavant que discordes chez soy,
Aprens donc que Loüis est un Roy tres auguste,
A qui l'on peut donner le syrnom de tres-juste,
Puisque ce Grand Heros des Princes le maintien,
Pour vanger ce grand Roy n'épargnera plus rien,

Sur les Venitiens.

Pour moy j'admireray de Venise la belle,
Qu'on pourroit justement nommer le vray
modelle.
De ces anciens Romains dont la terre autre fois.
N'avoit aucun païs qui ne fut sous leurs loix.
La prudence éclairée qu'eut cette republique,
A refuser l'oreille à ce Conseil oblique,
Que les Imperiaux luy voulurent donner,
Lequel adroitement elle sçeut detourner,
Voyant trop clairement ce qu'il coutoit à Gesne,
Pour avoir encouru du grand Loüis la haine,

Sur les Suédois.

Que ton sort est heureux ô monarque Suédois,
De n'avoir pas quitté le parti des François,
Que ton choix est prudent qu'il est digne d'Envie,
D'avoir ainsi pour toy la France pour amye,
Ce choix sans contredit est un choix sans pareil,
A tout autre astre avoir preferé le Soleil,
C'est sçavoir que de luy la Lune a la lumiere,
Et qu'elle ne sçauroit en aucune maniere,
Eclairer icy bas si cet astre divin,
Ne luy veut influer son secours tout benin,
Que feroit le croissant sans le Soleil de France,
On le voit obscurcir, s'il manque d'Influance,
L'aigle sembloit vouloir nous arracher des Cieux,
Le Croissant pour loger ses petits dans ces lieux,
Quelle temerité dans semblable entreprise,
D'attaquer ce Soleil qui d'abord la méprise,
Elle ne peut déja soutenir ses rayons,
Et laissant à l'instant Envoler ses aiglons,
Tous precipitement qui d'un costé qui d'autres,
Perissent s'entrainans les uns avec les autres.
On aura pour temoin ses fameux bords du Rhin,
De ces aiglons defaits par l'astre souverain,

Et ces infortunez augmenteront la gloire ,
De ce grand conquerant un jour dans son histoire ,
Que ton regne est heureux ayant pour protecteur
Ce grand Roy, tu pourras être toujours vainqueur ,
Et si-tu veux , enfin ses sages conseils suivre ,
On ne verra par tout que ta gloire reluire.

Sur les Danois.

INfortune par tout , malheurs de tous costés ,
Misere , acablements , maux & calamitez ,
C'est ce que t'on Etat aujourd'huy peut attendre,
Si des Imperiaux le party tu veux prendre ,
Imite sagement ton éclairé voisin,
Et rejette bien loin le malheureux dessein ,
De ces infortunez ausquels si tu veux croire ,
Tu terniras bien tôt le lustre de ta gloire ,
Toute la terre sçait combien est le conseil ,
Nuisible à celuy-là qui s'en prend au Soleil,
Tu l'aprendrois bien tôt par ton experience ,
Combien il te nuiroit de t'en prendre à la France,
L'on peut nommer son Roy l'arbitre de la Paix ,
Puisque tous les combats se font à ses souhaits ,
Car Mars semble n'avoir que pour luy de Caresse ,
Tellement il prend part en ce qui l'interesse ,

Sur le Pape deffunt Innocent. XI.

I'Ay l'ame trop chrêtienne & ma muse se tait
Quand il faut, raconter ce qu'Innocent a
 fait,
De ce deffunt Vieillard, tout le monde murmure,
Et même quelques-uns vont jusqu'à la censure,
Pour moy je laisse au Ciel dont la juste, équité,
Punirs & recompense avec égalitté,
A juger justement des faits de ce vieux homme,
Dont on critique icy tout de même qu'à Rome,
De blâmer aujourd'huy qui pourroit s'empecher,
Tant d'iniques moyens qu'il n'a du rechercher,
Contre son fils ainé dont la sage entreprise,
Tachoit de ramener au berçail de l'Eglise,
Ses rebelles sujets qui croyans en Calvin,
Avoient abandonnez le vray culte Divin,
Innocent oubliant ce bien fait sans memoire,
De sa triple coronne il a terny la gloire,
Enfin il s'est fait voir encore moins porté
Aux interests François que nul n'avoit esté,
Pourquoy ne l'emmener ô Parque trop fatale,
Avant qu'il arrivat à la Chaire Papalle,

Car

Car tout le monde sçait que les Roys tres-Chrostiens,
Ont de tous temps été des Papes les souftiens,
Noftre Innocent malin n'en fera que Produire,
Des exemples fameux bien loin d'y pouvoir nuire.

Sur les Polonois.

Grand Roy dont les hauts faits par cent exploits
    divers,
Font reverer le nom dans ce vafte Univers,
Toy que la Renommée ne connoit fur la terre,
Que du nom fortuné de foudre de la Guerre,
Qui ne porte ton nom en cent & cent endroits,
Que pour faire admirer tes genereux exploits,
Toy dont le bras hardy fceut dompter l'infolence,
Du Croiffant qui mettoit l'Empire en decadence,
Que l'Alemagne auffi reconnoit aujourd'huy,
Pour fon liberateur, & fon meilleur appuy,
Que le Danube a vû par diverfes conqueftes,
Foudroyer fur fes bords les Othomanes teftes,
Ce n'eft qu'en t'imitant que les fameux Guerriers,
Cueillent au champ de mars des fuperbes lauriers,
J'en dis trop je ferois fans doutte icy naufrage,
Si ma mufe parloit grand Roy de ton courage,
Apollon me deffend d'en parler déformais,

G.

C'en est fait je me tais, je n'en parle jamais,
Ma Verve ne sçauroit pourtant de ta prudence,
Grand heros, demeurer dans un humble silence,
Car tes genereux faits t'eussent fort peu servis,
Pour conserver l'honneur que tu t'estois acquis,
Si tu n'eusse enfin sceu par un trait de prudence,
Aujourd'huy menager & l'Empire & la France,
Ce trait de ta prudence a pû seul te placer,
Au Temple de memoire ou bien t'eternizer,
Au lieu qu'une action & si lache & si noire,
D'abandonner Louis eusse effacé ta gloire,
Ce genereux Party, cet admirable choix,
Fait qu'on te nommera le modelle des Rois,

Sur le Grand Seigneur.

Rien n'osoit autrefois resister à tes armes,
Le seul nom de Croissant mettoit tout en allarmes,
Un mot si formidable aportoit la terreur,
A ceux dont tu n'estois pas même le vainqueur,
Tout plioit sous ton joug la plus grande puissance
Le recevoit quasi sans nulle resistance,
Le nom d'un grand Visir, d'un Aga, d'un Bacha,
D'un Iannissaire seul d'un Caramustapha,

Pouvoir intimider une armée toute entiere,
Et ranger des puissants Etats sous ta banniere,
En un mot autres fois le grand nom de Croissant,
Pouvoit seul en Europe estre dit florissant,
Mais depuis quelques ans, ce nom si formidable,
N'est pas au moindre Prince aujourd'huy redoutable,
Ce qui faisoit aussi qu'on ne le craignoit plus,
C'est que sans le Soleil, cet astre est superflus,
Sur la terre à present il seroit sans puissance,
Si du Soleil François il n'avoit l'Influance.

Sur le Roy Iacques d'Angleterre.

Quel destin malheureux, quelle fatalité,
Te reduit avec jour à cette extremité,
Quel sort trop inhumain t'ôte cette Couronne,
Que le sang justement par succession te donne,
Avec un malheureux l'Enfer semble estre uny,
Mais un crime si grand seroit-il impuny,
Quoy ce Gendre cruel dont le plus petit crime,
Donneroit à ces vers la cadence & la rime,
Ne craint pas que le Ciel par sa juste equité,
Ne punisse son crime & sa temerité,
D'envahir un Etat dont les Sujets rebelles,
Deviennent à leur Roy traistres & infidelles.

Non il paroit trop juste d'punir les méchans
De même qu'à vanger ceux qui sont Innocens,
Ne crains rien, grand Heros aye en luy confiance,
Sur tout ayant pour toy le Monarque de France,
Sa justice est trop grande il ne peut pardonner,
A cet Usurpateur qui t'a sçeu Détroner.

Sur le Prince d'Orange.

Dis-moy, que pense-tu que pretends tu de faire?
Quoy parler d'un sujet dont tu te devrois taire?
* C'est ce que me disoit le sçavant Apollon,
En parlant avec luy dans le Sacré Vallon,
Non l'Execrable nom de ce Prince d'Orange,
Sera me disoit-il plus abject que la fange,
Et c'est avec horreur qu'on le prononcera,
Quand on voudra parler de ce grand Scelerat.
Ses forfaits si méchants, ses crimes execrables,
Serviront de modelle à plusieurs miserables,
Et si tu veux parler de cet Usurpateur,
Ta cadence sera de l'apeller voleur.
Si pour rimer sur luy t'a muse a quelqu'envie,
Prends dabord pour ta fin sa grande Persidie.
Si ta matiere manque en achevant ton vers,
* Colloques D'apollon.

Dis que jamais pareil ne fut dans l'Univers,
Veux tu trouver la rime & la juste cadence,
Paracheve ton vers par sa grande impudence,
Ne manque-t'il qu'un pied enfin pour le finir,
Dis que le juste ciel lesçaura bien punir;
Si par hazard tu veux la matiere bien ample,
Dis que ses crimes sont jusqu'icy sans exemple,
S'il ne manquoit qu'un mot pour ton vers terminer
Dis qu'un juste vangeur le sçaura detrôner,
Dis pour trouver deux fins & deux rimes ensemble,
Qu'en entendant son crime on fremit & on tremble,
Si sur sa femme enfin tes vers tu veux changer,
Prend d'abord pour ta fin le ciel sçait se vanger
Et loin de la traitter du beau nom de Princesse,
Tu pourrois l'appeller de celuy de tigresse,
En un mot si tu veux rimer sur ce sujet,
Tu n'y trouveras rien que de vil & d'abjet,
Et pour donner aux vers la cadence & les rimes,
Tu ne feras que prendre un de leurs moindres crimes.

Sur les Portugais.

Ton sorts est le plus doux Monarque Portugais,
Parmi ces differends de te trouver en paix.

Sur le Duc de Savoye.

Ma muse Prince ose te dire, *
D'un ton severe & non pour rire,
Que tu perdis le jugement,
L'esprit & le discernement,
La discrétion, la Prudence,
Lorsque tu quitta ton enfance,
Et toutes ces rares vertus;
En toy ne résiderent plus,
Dés que l'âge de puberté,
Ton corps enfantin eut quitté;
Lors en toy l'indiscretion,
Se logea petit Ducaton,
L'action que tu viens de faire,
En est une marque trop claire,
N'est-ce pas un coup d'insensé,
D'un sot ou d'un esprit blessé,
D'avoir abandonné Loüis,
Pour se joindre à ses Ennemis,
Il vaudroit cent fois mieux pour toy,
Que Turin ne fut sous ta Loy,
Ou que ta petite Province,
Eusse pour Duc un autre Prince,
* Vers Burlesques.

Que d'être entré dans le courroux,
D'un Prince si grand & si doux ;
Clotho t'eût été tres-propice,
Et t'eût rendu un bon service,
Si avant un pareil forfait,
Elle avoit coupé ton filet ;
Et si Caron cet inhumain,
Le stix t'avoit passé soudain ;
Le danger ou tu t'es jetté,
Par là pouvoit être évité,
Et cela pouvoit satisfaire
A cette action temeraire ;
Malheureux que je plains ton sort ,
Il vaudroit mieux que tu fut mort ,
Que de survivre sur la terre,
Ennemy du Dieu de la guerre,
Car pour te donner un portrait ,
De ce que merite ce fait ,
Le Lorrain en est un modelle ,
Qui paroit sincere & fidelle ,

Sur les Suisses.

Du Suisse je ne diray mot,
Car il n'a pas paru trop fot ;
De n'abandonner pas la France,
Pour se joindre à d'autre Puissance,
Qui en vain l'a sollicité,
Par sa grande importunité,
De se declarer ennemy.
De Loüis son meilleur amy,
Mais sa prudence a bien prevû,
Ce qui luy seroit survenu,
S'il eut abandonné la France,
Sous pretexte de récompence,
Les Promesses de l'Empereur,
N'ont pas pû luy gaigner le cœur,
Sans doute il auroit bien pû faire,
Changer ce Peuple Mercenaire,
Et luy faire rompre la Foy,
Qu'il a toûjours eu pour ce Roy,
Car s'il eut eu de la monnoye,
Il l'eut fait joindre à la Savoye,
Son secours auroit empeché,
La perte Cij de cette Duché,

Mais n'ayant pû faire reluire,
Ses interests il n'a dû suivre,
Pour dire que monnoye fait tout,
Et que tout vient par elle à bout.

PLAINTE

DE

L'EMPEREUR

AUX

CZARS

DE MOSCOVIE.

L'Empereur.

Ous Czars qui pouviez seuls detruire l'Ottoman ,
Qui deviez abolir l'Empire d'Orient ,
Où sont ces beaux projets , ces grandes esperances ,
Et que sont devenus ces pouvoirs , ces puissances ?

Les Czars.

DEja Nous commencions à les executer ;
Et nos preparatifs empeschent d'en douter ,
Mais helas je ne sçay quelles clartés celestes ,
Nous ofusque la veüe , & nous rend comme bêtes ,

Et si nos grands desseins se sont évanoüis,
Blamez-en un Soleil que l'on nomme Loüis.

L'Empereur.

Quoy faut il qu'un rayon de sa clarté divine,
Soit à nostre entreprise une entiere ruine,
Sont-ce la des moyens valables à proposer,
Et croyés vous par là pouvoir vous excuser ?

Les Czars.

Oüy nous l'avouons, c'est sa seule lumiere,
Mais parlés s'il vous plait de tout autre maniere,
Quoy dire s'excuser ? En parlant à des Czars,
Qui sont comme l'on sçait descendus des Cæsars,
C'est parler hardiment, & manquer de conduite,
Mais ce mot pourroit bien avoir quelqu'autre suite!

L'Empereur.

Pardonnez s'il vous plait, car pour les Alemands,
Ils ne se servent point de ces termes coulans,
Comme ces nations qui beaucoup mieux polies,
Apportent en parlant cent manieres jolies;
Mais de grace expliqués quels furent les motifs,
Qui firent échouer tous vos preparatifs ?

Les Czars.

Nos raisons sont sans nombre, & pour vous contenter,

Deux ou trois suffront que je vay raconter,

Ce Visir si fameux qui commande à présent,

Dont on connoit l'adresse & le grand jugement,

Sçeut trouver le moien de mettre en Moscovie,

De la desunion, & de la jalousie,

Moscou tout le premier en ressentit l'effet,

Presque tout ce Royaume éprouva son secret,

Et nos forces par là s'employant à detruire,

Nos rebelles sujets aux Turcs ne purent nuire,

Voila succintement la premiere raison,

Qui mit tous nos desseins dans la confusion,

L'Empereur.

Une seule raison a cela sans replique ?

Je l'a dis en deux mots, souffrez que je m'explique,
Pourra-t'on presumer que ces divisions,

Tous ces soulevements, & ces desunions,

Ces troubles dites-vous, & tous ces grands desordres,

Ayent pû dans trois mois, renverser tous les ordres,

Que vous aviez donnés pour faire irruption,

Cela seul pouvoit-il servir d'occasion,

Pour

Pour rompre vos desseins, & je ne sçaurois croire,
Que cela vous ait fait quitter toute la gloire,
Que vostre nation auroit pû s'acquerir,
Si comme elle pouvoit, elle eust sçu conquerir;
Ces Villes qui pour lors ne sembloient plus atendre,
Que d'estre enfin sommées pour aussi-tost se rendre,
Ces troubles ne sont pas des valables sujets,
Pour faire en un moment échoüer des projets.

Les Czars.

Il est vray, mais Enfin toutes ces sauterelles,
Qui rongent tous nos prés, terminent les querelles,
Que nous pouvions avoir avec les Othomans,
Cela joint au tumulte & aux soulevemens,
Sont bien à mon advis des raisons assés fortes,
Pour avoir empeché nos Armées, nos cohortes,
De pouvoir subsister dans ce méchant pays,
Qui sembloit devoir estre à nos ordres soumis,
Mais aprenez nous donc le moyen de dompter,
Un pays qui ne peut fournir pour subsister,
Et si vous le pouviés nous nous obligerions,
De vaincre en peu de temps toutes ces Nations,

L'Empereur.

Cela ne peut encor vous servir de pretextes,
Cherchés d'autres raisons, n'acusés point ces bestes,
Toute la terre sçait que tous ces animaux,
Qui sont, pour ainsi dire, une peste aux chevaux,
N'ont deperis nos prés que le seul an nonante,
Car ces années passées, chose trop surprenante !
Tous les prés estoient beaux la campagne abondoit,
La terre estoit fertille ; Enfin rien ne manquoit,
Ce païs eût fourny de tous le necessaire,
L'on n'y ressentoit point la cruelle misere,
Pour lors vous auriés pû même facilement,
Et dompter le Tartare, & vaincre l'Otoman,
Cette raison n'est donc ny bonne ny valable,
Aportés en quelqu'autre un peu plus vray semblable ?

Les Czars.

Vous nous mettés à bout, car pour vous contenter,
Où pourrions nous trouver des raisons pour citer ;
Enfin si vous prenés celles-là pour des fables,
Celles que nous dirons seroient moins veritables,
Mais n'attendés donc plus de nous d'autre raison,
Puisque celles chez vous ne sont pas de saison,

L'Empereur.

Vous ne dites pas tout, il est quelque Mistere ;
Dont vous ne parlés point & que vous voulés taire ;
Pourquoy dissimuler ? parlons plus franchement ,
Vous avez sans doute, eu quelqu'autre empechement.

Les Czars

Vous nous presserés trop cela devroit suffire,
Car toutes veritez ne sont bonnes à dire.

L'Empereur.

Non ? vous m'obligerez de me faire sçavoir ,
Qui peut donc avoir eu sur vous tant de pouvoir.

Les Czars.

Vous le voulez ainsi, nous allons vous l'aprendre,
Mais peut-être cela pourroit bien vous surprendre.

L'Empereur.

Ne craignez rien grands Ducs expliqués vîtement ,
D'où pouvoit survenir un si prompt changement ,
Sans doute vos raisons seront tres-legitimes,
Ainsi ces manquement ne seront pas des crimes.

Les Czars

Nous avoüons d'abord que nos premiers desseins ,
Estoient de vous aider en fidelles voisins ,
Et de nous efforcer de dompter les Tartares ,
Pour nous assujettir tous ces Peuples Barbares ,
De faire en même tems grande diversion ,
Et dedans la Crimée faire une irruption ,
C'étoit nôtre seul but , toutes nos entreprises ,
Tendoient de rendre ainsi ces Nations soumises ,
Diviser leur armée en les desunissant ,
Nous donnant par là lieu de vaincre le Croissant.
Les Polonnois pourroient en donner témoignage ,
Ils connoissent assez dequel grand avantage ,
Nous leurs fumes pour lors & quels soulagemens ,
Leur Nation receut de tous nos mouvemens ,
Mais au fatal moment qu'on nous dit pour nouvelle ,
Que vous quittés le Turc pour intenter querelle ,
Au Roy dont la sagesse & l'extreme valeur ,
L'a de ses ennemis toûjours rendu vainqueur ,
Nos projets, nos desseins, toute nôtre puissance ,
Fut reduite aussi-tôt d'être dans la deffence,
Sans doute nous aurions manqué de jugement,
Si pour lors nous avions fait un grand armement

Pour attirer sur nous leurs Troupes innombrables,
Qui reunis sont toûjours insurmontables,
Car comme aurions nous pû nous mettre dans l'état,
De résister tous seuls à un tel potentat,
Si lignés avec vous aux vaillans Polonnois,
Aux braves Venitiens, fameux par leurs exploits,
Chacun de son côté faisant tous ses efforts,
A peine on peut sur luy conquerir quelques Forts,
La prudence souvent est bien plus glorieuse,
Que n'est le gain certain d'une bataille heureuse,
Elle évite les maux que tant de Nations,
Ont ordinairement des grandes actions,
D'ailleurs nôtre Conseil prudent & politique,
Prevoyoit la ruine où cette Republique,
Alloit, s'il eût pour lors contre les Othomans,
Mis sur pied une Armée & des grands armemens,
Aprenez donc de là qu'un Conseil vraiment sage,
Prefere le répos à tant d'autre avantage.

L'Empereur.

Ofés-vous avancer qu'un genereux honneur,
Vous foit moins glorieux qu'un plaisible bonheur,
Ignorés vous encor que la plus grande gloire,
Est celle qu'on reçoit du guain d'une victoire,

Je n'aurois jamais cru que des vils interêts,
Eussent en un moment rompu tous vos projets,
Mais nous vous attendrons grand Duc à la semblable,
Si le Ciel nous fournir un retour favorable.

Les Czars.

Les vaillans Polonnois ont-ils fait plus que vous,
Et vous devriés du moins vous plaindre contre tous.

L'Empereur.

Si jusques à present ils n'ont fait leur possible,
Pour qui leur nation fut toûjours invisible,
C'est que ce Roy manquoit d'un absolu pouvoir,
Mais, dores-en-avant il feront leur devoir.

Les Czars.

Nous le ferons aussi, rénoüant l'alliance,
Si la paix tu veux faire avec le Roy de France,
Et nous te declarons si tu ne la fais pas,
Que nous ne ferons plus pour toy dans l'embarras.

Sur la Bataille de Flerus donnée entre l'Armée du Roy, commandée par Monsieur le Maréchal Duc de Luxembourg, & celle des Etats generaux de Hollande commandée par Monsieur le Prince de Vvaldech en Iuillet 1690.

SONNET.

Aujourd'huy Luxembourg, ce fameux Capitaine,
Par sa haute valeur triomphe le premier,
Mais ! helas, falloit-il que ce vaillant guerrier,
De vaincre l'Hollandois, eut encore la peine.

Et ce Peuple maudit qui s'attira la haine,
Du plus juste des Rois, par son desastre entier,
Veut encor Couronner d'un plus noble laurier,
Cet Heros qui ne va qu'où la gloire l'entraine.

Mais faut-il que Loüis si prudent en ses choix,
Te choisisse aujourd'huy pour dompter l'Hollandois,
Qui devoit ressentir un plus rude suplice.

Pour être de Nassau & de sa destinée,
Le méchant Conseiller, le perside complice ;
Pour punir ces méchans, falloit-il ton épée ?

Sur le combat Naval donné entre l'Armée du Roy, commandée Par Monsieur de Tourville Vice-admiral de France & celle des Anglois commandée par l'Admiral Heilbert jointe à celle des Etats Generaux de Hollande en Iuillet 1690.

AUtrefois ces Maîtres des Mers,
Faisoient par leur valeur trembler tout l'Univers,
Mais l'Hollande aujourd'huy jointe à cette triple Isle,
Et vaincüe par de Tourville.

Rimes sur la Bataille de Stafarde donnée entre l'Armée du Roy, commandée par Monsieur de Catinat, & celle du Duc de Savoye & Espagnols, commandée par Le Duc de Savoye en personne en Aoust 1690.

L'Univers étonné de ta grande victoire,
Admire tes exploits, & ton Nom plein de gloire,
Mais ce seroit trop peu de Catinat pour toy,
D'avoir par ta valeur vaincu ce Duc chez soy,
Si son Peuple soumis, ses Villes, ses Estats,
Ce vaincu tu n'obligeois pas :
D'aller en conquerant chercher la Royauté,
Dont il n'a que la qualitté ?

Sur la mort de Monsieur le Mareschal, de Schombert arrivée en la Bataille de Boine, En Irlande en Iuillet. 1690.

SChombert fut autrefois fameux par ses exploits
La gloire le guidoit presqu'en tous les endroits,
Mais s'étant detaché des interests de France,
Le Ciel le fait mourir pour punir son offence,

F I N.

MA muse son ardeur reprime,
Et quitte maintenant la rime,
Car pour une premiere fois,
Cela la mettroit aux abois,
Elle se retire au Parnasse,
Jusqu'à ce que la Paix se fasse,
A lors on pourra l'inviter,
A venir icy bas chanter ;
Vive la paix, & point de guerre,
Qu'on se rejouïsse sur terre.